Analyse de l'œuvre

Par Isabelle Consiglio
et Pauline Coullet

L'Île au trésor

de Robert Louis Stevenson

lePetitLittéraire.fr

Rendez-vous sur lepetitlitteraire.fr et découvrez :

Plus de 1200 analyses
Claires et synthétiques
Téléchargeables en 30 secondes
À imprimer chez soi

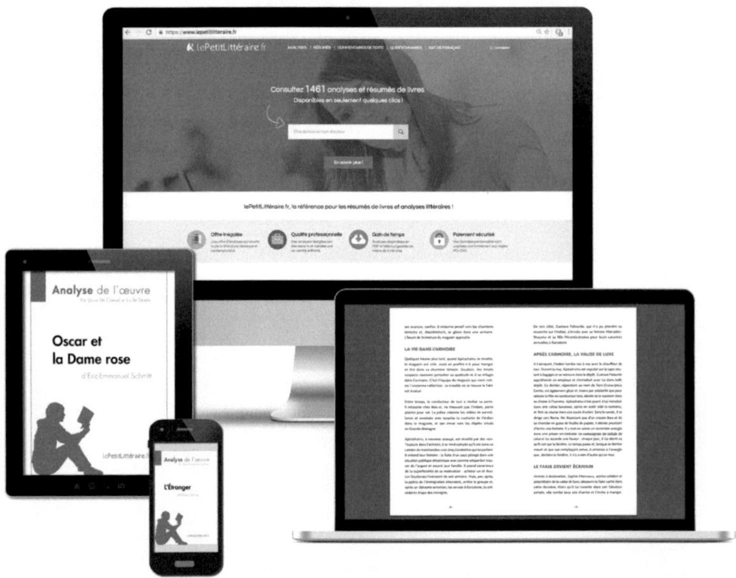

ROBERT LOUIS STEVENSON

ÉCRIVAIN ÉCOSSAIS

- **Né en 1850 à Édimbourg**
- **Décédé en 1894 à Vailima (Samoa)**
- **Quelques-unes de ses œuvres :**
  - *Voyage avec un âne dans les Cévennes* (1879), roman
  - *Les Nouvelles Mille et Une Nuits* (1882), recueil de nouvelles
  - *Docteur Jekyll et Mister Hyde* (1886), roman

Robert Louis Stevenson, écrivain écossais et grand voyageur, s'inspire de ses souvenirs de voyages à travers la France, l'Amérique et les iles Samoa, pour la rédaction de ses récits. Adolescent à la santé fragile, il abandonne ses études pour se consacrer à l'écriture. Ses écrits rythmés et peu réalistes sont novateurs pour l'époque.

Il est l'auteur de plusieurs romans et nouvelles, dont les plus connus sont *L'Île au trésor* (1883), et *Docteur Jekyll et Mister Hyde*, ainsi que d'essais de théorie littéraire. Stevenson a également rédigé des documents descriptifs et documentaires sur les iles du Pacifique ; c'est l'un des premiers Européens à défendre les indigènes des iles Samoa contre les puissances coloniales.

L'ÎLE AU TRÉSOR

UN CLASSIQUE
DE LA LITTÉRATURE D'AVENTURES

- **Genre :** roman
- **Édition de référence :** *L'Île au trésor*, traduit de l'anglais par Jacques Papy, Paris, Gallimard, 1994, 304 p.
- **1re édition :** 1883
- **Thématiques :** pirates, trésor, courage, aventure

L'Île au trésor est d'abord publié sous forme de roman-feuilleton dans un magazine britannique. La première édition sous forme de roman parait en 1883. L'œuvre relate les aventures du jeune Jim Hawkins, parti à la recherche du butin d'une bande de pirates.

Elle devient rapidement un classique de la littérature d'aventures et connait un succès colossal. Elle sera adaptée à de multiples reprises au cinéma et sous forme de bandes dessinées. L'imagerie du pirate décrite dans le roman sera également copiée, au point qu'elle est à présent ancrée dans l'imaginaire collectif.

RÉSUMÉ

PREMIÈRE PARTIE – LE VIEUX FLIBUSTIER

Le récit, mené à par Jim Hawkins, débute en 1782, lorsque le jeune héros entreprend de consigner par écrit ses aventures vécues une vingtaine d'années plus tôt en mer et sur la mystérieuse ile au trésor. Les parents de Jim étaient jadis propriétaires de l'auberge de l'*Amiral-Benbow* située près de Bristol. C'est avec l'arrivée d'un nouveau client, un vieux matelot nommé Billy Bones, que Jim débute la description des évènements marquants de son adolescence.

Peu après le décès du père de Jim, le nouveau client meurt suite à une violente dispute avec un matelot venu lui rendre visite. Avant de mourir, Bones avait reçu la marque noire, symbole de mort imminente chez les pirates. Jim et sa mère décident alors de récupérer le contenu du coffre du vieux Bones, et ce avant que les pirates, ignorant le décès accidentel de Bones, n'arrivent. Les documents contenus dans ce coffre sont examinés par Jim, le Dr Livesey et le squire Trelawney. Ces derniers comprennent qu'il s'agit d'une carte au trésor, celui appartenant au capitaine Flint, un redoutable pirate : Billy Bones, son second, l'avait récupérée sur son lit de mort. Ils décident de partir à sa recherche.

DEUXIÈME PARTIE – LE MAITRE COQ

John Trelawney affrète un navire nommé l'*Hispaniola*. Il y enrôle un certain John Silver comme cuisinier de bord (métier aussi désigné sous le nom de « maitre coq »). Des tensions apparaissent entre le capitaine Smollett et le squire quant au choix de l'équipage du navire : le capitaine lui reproche d'avoir choisi des hommes peu fiables.

Durant la traversée, Jim apprend que l'équipage projette de se mutiner afin de s'emparer du trésor. John Silver et ses amis faisaient en réalité partie de l'ex-équipage de Billy Bones et du pirate Flint. Leur but est donc de récupérer le trésor. Le jeune Jim s'empresse d'aller rapporter ces nouvelles au capitaine et au docteur. Ces derniers décident d'attendre et d'utiliser Jim comme intermédiaire et espion, étant donné que les hommes, et surtout John Silver, semblent lui accorder leur confiance.

TROISIÈME PARTIE – MON AVENTURE À TERRE

L'*Hispaniola* atteint les côtes de l'ile au squelette. Les hommes descendent pour l'explorer. Jim décide de les suivre et se glisse dans l'un des canots avant de s'enfuir dans la forêt. À terre, Silver abat plusieurs hommes opposés à la mutinerie. Dans sa fuite, Jim rencontre le seul habitant de l'ile, Ben Gunn. Ancien membre de l'équipage de Flint, il l'avait trahi et tenté de trouver le trésor. Il n'a jamais réussi, et a été abandonné sur l'ile par l'équipage. Il y vit seul depuis trois ans.

QUATRIÈME PARTIE – LE FORTIN

En l'absence de Jim, c'est le Dr Livesey qui prend en charge le récit de cette partie du roman. Il se réfugie avec le reste de l'équipage dans un fortin le long de la côte afin de riposter aux mutins en cas d'attaque. Le navire est vidé de toutes ses provisions d'armes et de nourriture.

Jim reprend le récit. Il a quitté Ben Gunn et retourne sur la plage. Le fortin étant en état de siège, John Silver, nommé capitaine depuis la mutinerie, tente une négociation dont les conditions sont fermement refusées par le capitaine Smollett. Le pirate ordonne alors à ses hommes d'assaillir le fortin du capitaine. Ce dernier est blessé, mais les pirates battent en retraite. Le docteur part s'entretenir avec Ben Gunn lorsque Jim lui confie son aventure. Jim profite de la confusion pour s'échapper une nouvelle fois. Le jeune homme souhaite récupérer le canot de Ben Gunn afin de couper les cordes du navire et ainsi empêcher les pirates de fuir.

CINQUIÈME PARTIE – MON AVENTURE EN MER

Jim parvient à larguer les amarres de l'*Hispaniola*, mais les quelques pirates restés à bord l'aperçoivent. Alors que le navire dérive, il remonte à bord pour tenter d'affronter les pirates et reprendre le contrôle du vaisseau. Il parvient à abattre le pavillon noir en signe de capture du navire. À la barre, un pirate de la bande de Silver a pour mission de remettre le navire en lieux surs. Il attaque Jim par-derrière, le blesse à l'épaule, mais se fait finalement abattre par le jeune garçon. Jim immobilise le navire sur un banc de sable, mais, alors qu'il cherche ses compagnons dans le fortin, il tombe sur le camp des pirates.

SIXIÈME PARTIE – LE CAPITAINE SILVER

Capturé par les pirates, Jim s'entretient avec John Silver. Ce dernier lui apprend une nouvelle surprenante : le docteur lui a donné la carte au trésor ainsi que des vivres. Jim fait preuve de courage en leur avouant qu'il est à l'origine de leurs mésaventures puisqu'il a surpris leur conversation au sujet de la mutinerie. Les pirates veulent le tuer, mais Silver, admiratif de son courage, les en empêche. Il passe un marché avec Jim : il devra le protéger et plaider en sa faveur à leur retour en Angleterre. Le Dr Livesey demande à s'entretenir avec Jim. John Silver accepte à condition que le jeune homme jure de ne pas s'enfuir. Le héros assure au médecin qu'il est dans son camp.

Le lendemain, les pirates et leur otage, se lancent à la recherche du trésor. Effrayés par ce qui semble être la voix du défunt Flint, ils s'empressent de découvrir le butin, mais le trésor est vide. Le groupe s'en prend alors à son leader, John Silver, l'accusant de trahison. Ils sautent sur Silver et Jim, mais sont abattus par Ben Gunn, auteur des cris imitant Flint, et le Dr Livesey. Le trésor était en réalité en sécurité dans la caverne de Ben Gunn depuis des mois – le docteur avait donné la carte à Silver afin de le lancer sur une fausse piste. Le navire repart, abandonnant les pirates à leur sort. John Silver embarque, mais s'échappe à la première escale. De retour à Bristol avec sa part du butin, Jim Hawkins jure de ne plus jamais naviguer sous pavillon pirate.

ÉTUDE DES PERSONNAGES

JIM HAWKINS

Jim Hawkins, héros et narrateur de la majeure partie du récit, nous livre une vision personnelle de son aventure. Il a certainement pris du recul par rapport aux évènements en ne les consignant par écrit que des années plus tard.

Adolescent qui n'a jusque-là pas connu de réelles aventures dans sa vie, il se retrouve malgré lui plongé au cœur d'évènements dramatiques. Le décès prématuré de son père l'oblige à gérer les affaires familiales avec sa mère. Mais c'est loin de sa famille que son caractère fougueux et indépendant s'affirmera. Obligé de vivre dans un milieu hostile, il sait se faire discret. Très indépendant et impulsif, il ne réfléchit pas aux conséquences de ses actes. C'est par exemple le cas lors de ses deux fugues. Évoluant entre crainte et fascination des pirates, il revient grandi de son expérience, mais jure de ne plus participer à de telles expéditions.

Malgré son jeune âge, Jim a de l'assurance : il refuse de trahir la parole donnée aux pirates. Le capitaine et le docteur le considèrent de plus comme une personne de confiance puisqu'il participe au combat et à la vie à bord de l'*Hispaniola*. Les deux hommes n'ont par ailleurs jamais douté de sa bonne foi.

Le lecteur ignore quasi tout de la vie de Jim Hawkins avant et après ses aventures en mer. Il incarne cependant le héros adolescent par excellence, jeune et courageux, auquel le lecteur n'a aucun mal à s'identifier.

DR LIVESEY

Le Dr Livesey se présente comme un homme de science intelligent et courageux. L'appât du gain ne semble pas être sa motivation première durant le voyage. En tant que médecin, son rôle est essentiel à bord du navire. Il n'hésitera d'ailleurs pas à soigner sur l'ile les pirates atteints de la malaria. C'est également lui qui déchiffre la carte de Billy Bones.

Proche de Jim, il est originaire de la même ville. Il peut certainement être considéré comme une figure paternelle pour le jeune homme. En effet, le docteur est présent au décès du père de Jim, accompagne et soigne l'adolescent tout au long du périple, et arrache des larmes à Jim en le sermonnant au sujet de ses multiples fugues.

La vivacité d'esprit du docteur contraste avec la brutalité des pirates. Il leur tendra un piège en leur donnant la carte au trésor. Homme d'action et fin stratège, il manie très bien les armes à feu, mais préfère généralement négocier. Il s'impose également en tant que capitaine de l'expédition à terre dont il prend en charge le récit, ce qui en fait un personnage-clé dans le déroulement du roman.

SQUIRE JOHN TRELAWNEY

John Trelawney, qui possède un titre de noblesse (squire), se caractérise avant tout par sa naïveté quant à l'organisation de l'expédition. Son manque d'expérience au sein d'un monde qui n'est certainement pas le sien le pousse à faire confiance au groupe de pirates qu'il recrute comme équipage, ce qui entrainera d'emblée une vive querelle avec le capitaine Smollett. Personnage effacé, il prend, à l'inverse du Dr Livesey, peu d'initiatives stratégiques. Ses préoccupations sont davantage futiles, comme en témoigne la perruque qu'il porte durant une partie de la traversée. En contraste permanent avec le monde brutal de la piraterie, le quotidien du flibustier, ainsi que la vie à bord d'un voilier sont certainement des découvertes pour lui.

LE CAPITAINE SMOLLETT

Le capitaine Smollett est un marin sérieux et passionné par son métier. Il aime la mer est possède une grande expérience à bord des navires. Il devine rapidement que les membres de l'équipage ne sont pas dignes de confiance. C'est un homme franc et droit qui reste fidèle à ses valeurs.

Fin stratège, il prend le contrôle des opérations lors de la mutinerie. Lorsqu'ils comprennent que le fort sera pris d'assaut par les pirates, ses compagnons se fient à ses plans :

> « Il était donc évident que l'attaque viendrait du nord, et que sur les trois autres côtés, nous n'aurions à faire face qu'à un simulacre d'hostilités. Mais le capitaine Smollett ne modifia en rien ses dispositions. Si les mutins, raisonnait-il, arrivaient à franchir la palanque, ils prendraient possession de toutes les meurtrières inoccupées et nous canarderaient comme des rats dans notre forteresse même. (chapitre XXI)

Grâce à son expérience, il sait guider ses compagnons dans le combat. Même sur terre, il garde son charisme de capitaine –

il dressera, fidèle à sa patrie, le drapeau anglais sur le fortin. C'est lui qui se charge de négocier avec John Silver. Le pirate dira de lui : « Le capitaine Smollett est un marin de vieille roche, [...], mais un peu dur sur la discipline, un peu dur... "Le devoir avant tout", il ne sort pas de là. » (chapitre XXVIII) Le Dr Livesey, quant à lui, fera part de son admiration : « Le capitaine Smollett vaut encore mieux que moi, [...], et ce n'est pas peu dire, mon petit !... » (chapitre XIX)

Blessé lors d'une bataille, il reste en retrait dans la seconde partie du roman, mais il continuera à diriger ses compagnons. Cet homme de principes dira finalement à Jim, sur un ton amical, qu'il ne veut plus jamais naviguer avec lui : il ne peut en effet supporter le caractère fougueux et désobéissant du jeune homme.

LONG JOHN SILVER

John Silver, figure du pirate effrayant et traitre, déplait autant qu'il fascine. Il possède les attributs classiques du pirate, aussi bien physiques que psychologiques :

- il a une jambe de bois et un bandeau sur l'œil ;
- il porte un perroquet perché sur son épaule ;
- il a un caractère cupide et versatile ;
- il est menteur et tricheur.

Sa seule motivation étant de récupérer le trésor de Flint, John Silver n'hésite pas à mettre en œuvre tous les moyens qu'il juge utiles pour parvenir à ses fins, y compris le meurtre. Véritable meneur d'hommes, il s'impose en tant que principal instigateur de la mutinerie. Malgré cela, il semble que John Silver et Jim soient liés par un lien d'amitié et d'admiration dès le début de l'aventure. En effet, le pirate est le seul à défendre Jim lors de la capture de ce dernier. Leur première rencontre est également empreinte de politesse et d'admiration.

John Silver fait preuve d'une très grande résistance physique malgré son handicap. Il a une impressionnante force de caractère et parvient toujours à se sortir des situations difficiles : c'est le seul pirate à repartir à bord de l'*Hispaniola* à la fin de l'expédition et il parviendra, de plus, à s'en échapper. Véritable caméléon, il adapte son discours et ses attitudes en fonction de son interlocuteur afin de gagner sa confiance.

L'insistance sur son regard impitoyable et féroce, ainsi que sur le caractère quasi fantomatique de ce personnage, qui apparait et disparait au sein du récit, font de lui une figure essentielle du pirate dans la littérature.

BEN GUNN

Ben Gunn est un ancien pirate. Naufragé abandonné par l'équipage du pirate Flint, il n'a plus aucun contact avec la civilisation depuis trois ans. Seul habitant d'une ile déserte, il fait référence au mythe du cannibale. Son apparence physique sale et hirsute effraie le jeune Jim Hawkins qui est le premier à le rencontrer. Malgré ses longues années de solitude, il n'est pas hostile et s'avère être un précieux allié pour Jim. C'est en effet lui qui amène le récit à sa situation finale via l'apport d'informations essentielles. Sa collaboration avec l'équipage est une occasion pour lui de se venger des pirates en les effrayant, mais surtout de quitter définitivement l'ile.

Bien qu'apparaissant tardivement dans le roman, Ben Gunn est un personnage essentiel, car il amène l'intrigue à sa résolution. C'est également l'un des seuls protagonistes dont le lecteur connait toute l'histoire, depuis son passé dans l'équipage de Flint jusqu'à sa reconversion, à la fin de l'aventure, en tant que gardien de pavillon dans les Antilles.

BILLY BONES

Billy Bones est un vieux marin qui s'installe, au début du roman, dans l'auberge des parents de Jim. Ancien pirate, membre de l'équipage de Flint, c'est un homme grossier, agressif et alcoolique. Il refuse de payer sa dette à l'auberge. Il incarne la déchéance des pirates ; il est d'ailleurs sévère-ment malade. Malgré cette attitude, il dégage une certaine autorité qui indique sa précédente position sur le navire de Flint : il était son premier officier.

Il semble apprécier Jim, à qui il demande de surveiller si les pirates qui sont à sa poursuite sont arrivés. Bien qu'il soit peu présent dans le roman (il meurt rapidement après avoir reçu la marque noire), il joue un rôle très important dans le récit : il initie Jim à la vie de pirate et, surtout, détient la fameuse carte au trésor qui est à l'origine de l'aventure.

CLÉS DE LECTURE

UN ROMAN D'AVENTURES ET D'INITIATION

Le roman d'aventures fait partie de la littérature populaire qui émerge à partir de la seconde moitié du XIXe siècle. Comme la plupart des romans appartenant à ce genre, *L'Île au trésor* a, dans un premier temps, été publié dans la presse britannique sous forme de roman-feuilleton. Il est devenu l'archétype du roman d'aventures grâce à sa trame à la fois classique (le style est très simple) et en même temps fournie en péripéties. Le récit comporte de multiples rebondissements et des changements de rythme : Stevenson alterne ainsi les parties très descriptives avec des passages trépidants, comme la scène de combat de Jim et du pirate au sommet du grand mât, par exemple. Il livre également des éléments désormais classiques dans l'imaginaire du lecteur : le trésor, l'ile déserte, les pirates, le naufragé sauvage, etc.

L'aventure permet au jeune héros de se lancer dans une quête exaltante. *L'Île au trésor* entre en ce sens également dans la catégorie plus spécifique du roman initiatique ou de formation. Il s'agit d'un genre, né au XVIIIe siècle, qui retrace l'apprentissage d'un jeune héros. Celui-ci se retrouve confronté à diverses épreuves afin de développer ses qualités et devenir un adulte. Au début de l'histoire, Jim est un jeune homme timide et effacé. À la mort de son père, il est propulsé dans le monde dangereux des pirates, et doit surmonter de nombreux obstacles. Il sera confronté à la solitude (il s'enfuit seul une première fois pour suivre les pirates sur la plage, puis une seconde sur leur bateau), à la peur, et même à la mort (il se bat contre un pirate et, blessé au bras, finira par le tuer). Il fait preuve de courage : il dévie un navire, et sauve plusieurs vies. Il reviendra finalement chez lui, transformé par cette expérience.

Dans sa quête du trésor et de l'accomplissement de soi, Jim n'est pas seul ; il est entouré de plusieurs hommes « modèles » grâce auxquels il peut se construire. Le Dr Livesey, par exemple, semble être une figure paternelle : il prend soin du jeune homme, le sermonne quand il fait une bêtise et, surtout, il est attaché à des valeurs justes. Lorsque Jim récupère la carte de Billy Bones, c'est tout naturellement qu'il se tourne vers lui pour savoir ce qu'il doit en faire.

C'est pourtant une autre figure masculine qui attire finalement toute l'attention de Jim. Lorsqu'il rencontre John Silver pour la première fois, Jim le décrit avec bien plus de détails que les autres personnages :

> « C'était un homme de haute taille et très solidement bâti, avec une figure aussi large qu'un jambon d'York, pas belle, mais intelligente et gracieuse. La bonne humeur semblait être sa qualité dominante : il sifflait gaiement en circulant parmi les tables, avec un mot aimable pour chacun, une tape amicale sur l'épaule des plus favorisés. » (chapitre VIII)

L'attraction entre Silver et le jeune garçon est presque magnétique : Jim s'approche tout de suite de lui. Plus tard, il semble même copier son attitude, notamment lorsqu'il s'enfuit sans rien dire au Dr Livesey ou à John Trelawney pour le suivre sur la plage. Sa seconde fugue, juste au moment où le capitaine Smollett est blessé, pourrait presque s'envisager comme une mutinerie : « Mais il y a une chose que je suis obligé de constater : c'est que jamais tu n'aurais osé t'enfuir si le capitaine avait été debout, et que tu l'as fait aussitôt que tu l'as vu blessé… Voilà ce qui m'attriste dans ta conduite », lui reprochera le Dr Livesey (chapitre XXX). Jim se battra même contre un autre pirate, le tuera, et se nommera lui-même capitaine du bateau. Ce comportement fera dire à John Silver qu'il se reconnait en le jeune garçon. À la fin du roman, lorsqu'il découvre que Silver s'est échappé, il espère que celui-ci est sain et sauf, et heureux.

Mais l'influence de Silver, si elle est grande, n'est pas négative. Jim, grâce à sa bravoure, a sauvé des vies et empêcher les pirates de s'échapper. Grâce à cette aventure, il a su utiliser à bon escient son apprentissage de pirate, à grandir et à s'affirmer comme un honnête homme.

SCHÉMA ACTANCIEL

En raison de ses multiples rebondissements et de sa quête, *L'Île au trésor* se prête particulièrement bien à l'étude du schéma actanciel, c'est-à-dire à l'étude de sa structure narrative. Comme dans la plupart des romans d'aventures, les diverses transformations du récit sont clairement énoncées.

Jim Hawkins est le héros de l'aventure. Il accepte de partir à la recherche du trésor de Flint, qui est donc le but recherché, l'objet de la quête, après avoir pris connaissance des documents qui se trouvaient dans le coffre de Billy Bones (les destinateurs, à l'origine de la quête). La mort prématurée de celui-ci permet à Jim et à sa mère d'échapper aux pirates. Le squire Trelawney accepte Jim à bord de l'*Hispaniola* comme mousse, tandis que le Dr Livesey protège et soigne le jeune garçon. Enfin, Ben Gunn révèle des informations essentielles concernant le trésor. Ces trois personnages aident ainsi le héros à accomplir sa quête : ce sont les adjuvants. À l'inverse, la mutinerie des pirates et leur décision d'attaquer le fortin retardent l'accomplissement de la quête : ce sont les opposants. John Silver peut être considéré à la fois comme un opposant et un adjuvant, car il prend Jim en otage, mais il décide de ne pas l'exécuter. Enfin, la quête profite surtout à Jim qui en sort grandi, à Ben Gunn qui peut enfin quitter son ile et à John Silver qui parvient à s'échapper : ce sont les destinataires.

Le schéma ainsi dégagé serait :

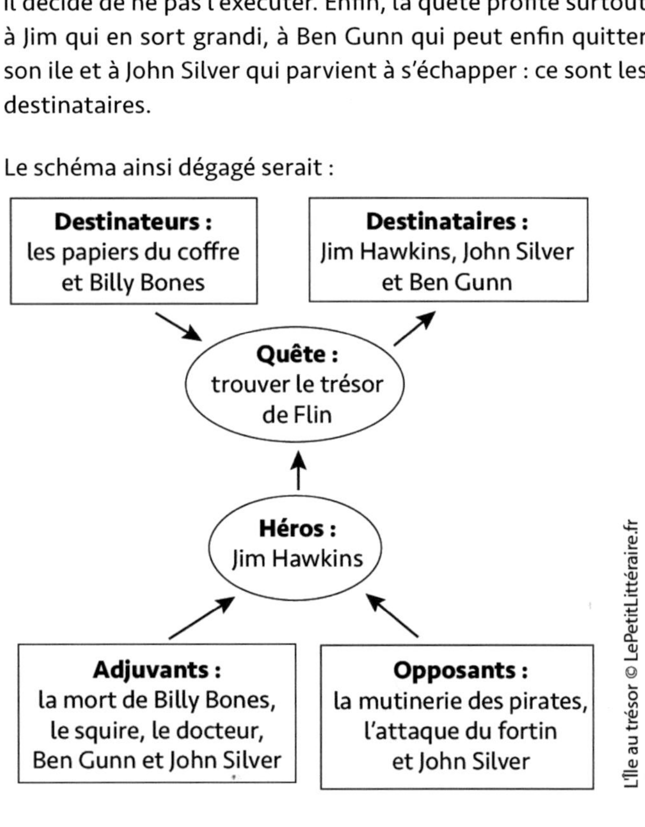

LA QUÊTE DU TRÉSOR

Le point de départ de *L'Île au trésor* est la recherche du fameux trésor caché par le capitaine Flint. C'est la récompense que tout le monde recherche : Ben Gunn, Jim et ses compagnons, John Silver et son équipage. Mais les raisons qui les motivent son différentes.

Pour Jim, le Dr Livesey et le squire, l'or est un élément fédérateur. Leur camaraderie nait autour de cette quête commune. Ils tissent ainsi des liens de confiance d'affection (« "Hawkins, j'ai en vous une confiance prodigieuse", ajouta le squire », chapitre XXII). Ces liens sont d'autant plus forts que Jim est un simple fils d'aubergiste, alors que le squire vient d'un milieu bien plus élevé. De la même façon, John Silver, se prend d'affection pour le jeune homme (« C'est un brave garçon, plus brave qu'aucun de vous, vieux rats que vous êtes !... », chapitre XXVIII). La quête du trésor est donc fédératrice pour eux ; elle est même, pour Jim, plus importante que la découverte. Lorsqu'il l'obtient finalement, il ne mentionne pas sa valeur, mais décrit longuement la nationalité des pièces et leur apparence. On ne sait pas ce qu'il advient du trésor une fois qu'il l'a ramené en Angleterre ; il précise, par contre, ce qui arrive au capitaine Smollett et à Ben Gunn, et a une pensée touchante pour Silver. Pour Jim, la quête est positive, car elle est synonyme d'aventures et d'amitié.

À l'inverse, pour les pirates, la quête du trésor est terrible. L'équipage est animé non pas par le gout de l'aventure mais par l'avarice. Ils sont corrompus par l'appât du gain et sont prêts à tout pour arriver à leur fin :

> « [...] C'était la pensée que sept cent mille livres en or se trouvaient quelque part enterrées sous sa grande ombre. Cette pensée finissait par leur faire oublier toutes leurs terreurs. À mesure qu'ils se rapprochaient du but, je voyais leurs yeux s'animer, leur pas devenir plus léger et plus élastique. » (chapitre XXII)

Silver, qui est pourtant un professionnel de l'hypocrisie et sait apparaitre courtois quand il le faut, devient un animal lorsqu'il songe au trésor :

> « Silver lui-même sautillait plus vivement sur sa béquille, en grommelant contre les pierres qui gênaient sa marche ; ses narines frémissaient : il jurait comme un païen s'il arrivait qu'une mouche se posât sur sa large face ou sur son front ruisselant ; par instants, il tirait avec fureur sur ma laisse et, se retournant alors, me jetait un regard meurtrier. » (*ibid.*)

Les pirates deviennent donc tous irrationnels et « meurtriers » à l'approche de l'or. La quête s'achève d'ailleurs en un bain de sang :

> « C'était là ce trésor de Flint, que nous étions venus chercher si loin, et qui avait déjà coûté la vie à dix-sept hommes de l'*Hispaniola*... Et qui sait combien d'autres vies il avait coûtées pendant qu'on l'amassait, combien de sang et de tribulations, combien de bons navires coulés au fond des mers, combien de poudre, combien de braves gens brutalement envoyés dans l'éternité, combien de cruautés, de hontes, de mensonges et de crimes ?... » (chapitre XXXIII)

Le squelette qui se trouve juste à côté de la cachette du

trésor symbolise ce destin fatal.

Ben Gunn, même s'il aide les compagnons de Jim, est lui aussi corrompu par le trésor de Flint : c'est pour l'or qu'il se retrouve abandonné sur une ile, vivant comme un animal dans une caverne. Lorsque Jim le trouve, il est au bord de la folie.

La quête de l'or est aussi une quête vaine : il n'est d'aucune utilisé à Ben Gunn sur l'ile. Les pirates, lorsqu'ils croient le déterrer, tombent sur un trou béant : cela représente la futilité de leur quête, mais aussi la perte de leur âme. En creusant pour atteindre le trésor, ils creusent, en quelque sorte, leur tombe.

LA MYTHOLOGIE DU PIRATE

L'Île au trésor est l'un des premiers romans à avoir créé et décrit des personnages appartenant au monde de la piraterie. Il a en cela grandement participé au développement dans l'imaginaire collectif d'une mythologie associée aux pirates :

- on y retrouve les caractéristiques physiques des pirates, telles que le bandeau sur l'œil, la jambe de bois, le perroquet et les tatouages ;
- leur nature fourbe et cupide ;
- leur penchant pour le rhum ;
- les rivalités internes à l'univers de la piraterie.

Les pirates effraient certainement tout autant qu'ils fascinent. C'est pourquoi la mythologie qui leur est associée a connu une postérité importante. En effet, à la suite de

Stevenson, d'autres auteurs ont décrit avec succès l'univers des pirates. C'est par exemple le cas d'Emilio Salgari (écrivain italien, 1853-1911) dont de nombreuses aventures de corsaires ont été adaptées au grand écran, de James Matthew Barrie (écrivain écossais, 1860-1937), le créateur du célèbre capitaine Crochet ou, plus récemment, d'Hugo Pratt (créateur de bandes dessinées, 1927-1995), à l'origine des aventures du corsaire Corto Maltese. Cette imagerie du pirate, proche du cliché, se retrouve également au cinéma. En témoigne le succès récent du cycle des *Pirates des Caraïbes*, ou bien de la série *Black Sails*, qui reprend les personnages de Billy Bones, John Silver et du capitaine Flint. Toutes ces adaptations demeurent fidèles à la vision populaire du pirate telle qu'on la retrouve dans *L'Île au trésor*.

UN CLASSIQUE DU GENRE

L'Île au trésor est donc un classique du genre grâce à ses personnages mémorables (John Silver), mais aussi à toute l'action trépidante de la quête du trésor.

L'œuvre de Stevenson a d'abord été publiée sous forme de roman-feuilleton dans le magazine pour adolescents *Young Folks* : elle était alors considérée comme un roman d'aventures pour enfants et adolescents. Aujourd'hui, si on peut toujours trouver ce roman au rayon jeunesse, de nombreux critiques refusent cette catégorisation. En effet, même si le héros de *L'Île au trésor* est un jeune garçon qui découvre le monde, l'intrigue n'en est pas pour autant réservée aux enfants.

Un adulte peut tout aussi bien plonger dans ce voyage merveilleux qui le mène dans des terres inconnues. Le roman d'aventure permet en effet de développer un univers bien particulier qui séduit petits et grands, grâce aux effets de suspense et aux personnages mémorables. Stevenson affirmait d'ailleurs que « la fiction est à l'homme adulte ce que le jeu est à l'enfant » (« À bâtons rompus sur le roman », in *Essais sur la fiction*, Paris, Payot, 1992, p. 216). *L'Île au trésor* plait aux adultes car le récit d'aventures résonne en chaque individu grâce à son pouvoir d'imagination. C'est pourquoi ce roman est devenu un classique de la littérature anglaise, a été adapté à de nombreuses reprises et a inspiré de nombreuses œuvres.

QUELQUES QUESTIONS POUR APPROFONDIR SA RÉFLEXION...

- Qu'est-ce qui fait de cette œuvre un roman d'aventures ?
- *L'Île au trésor* est également un roman initiatique. Qu'est-ce que cela signifie ? Citez d'autres romans initiatiques et comparez-les à *L'Île au trésor*.
- Comparez les pirates de *L'Île au trésor* avec d'autres figures de pirates que vous connaissez.
- La quête du trésor est-elle positive ou négative ? Expliquez en vous aidant d'exemples.
- La carte au trésor que John Silver récupère à la fin du roman s'avère inutile. Qu'est-ce que cela symbolise selon vous ?
- À votre avis, pourquoi la figure du pirate a-t-elle autant de succès ?
- À quels mythes ou à quelles figures mythiques le naufragé Ben Gunn fait-il écho ?
- Citez d'autres mythes (différents de ceux du pirate et du naufragé) qui sont devenus célèbres et/ou qui ont fait l'objet de livres, de films, etc.
- Selon vous, cette œuvre se prête-t-elle mieux qu'une autre aux adaptations en tous genres (cinématographiques, bandes dessinées, etc.) ? Justifiez votre réponse.
- Comparez le roman de Stevenson aux romans de Jules Verne (*Voyage au centre de la terre*, *Cinq semaines en ballon*, *L'Île mystérieuse*, etc.). Quelles sont les différences et les points communs entre les œuvres de ces deux auteurs ?

POUR ALLER PLUS LOIN

ÉDITION DE RÉFÉRENCE

- STEVENSON R. L., *L'Île au trésor*, traduit de l'anglais par Jacques Papy, Paris, Gallimard, 1994.

ADAPTATIONS

Le roman de Stevenson a fait l'objet de pas moins de six adaptations cinématographiques. Parmi les plus célèbres, citons :

- *L'Île au trésor*, film de Victor Fleming, avec Jackie Cooper et Wallace Beery, 1934.
- *L'Île au trésor*, film de John Hough et Andrea Bianchi, avec Kim Burfield et Orson Welles, 1972.

SUR LEPETITLITTÉRAIRE.FR

- Fiche de lecture sur *Docteur Jekyll et Mister Hyde* de Robert Louis Stevenson.
- Questionnaire de lecture sur *L'Île au trésor*.

Retrouvez notre offre complète sur lePetitLittéraire.fr

- des fiches de lectures
- des commentaires littéraires
- des questionnaires de lecture
- des résumés

ANOUILH
- Antigone

AUSTEN
- Orgueil et Préjugés

BALZAC
- Eugénie Grandet
- Le Père Goriot
- Illusions perdues

BARJAVEL
- La Nuit des temps

BEAUMARCHAIS
- Le Mariage de Figaro

BECKETT
- En attendant Godot

BRETON
- Nadja

CAMUS
- La Peste
- Les Justes
- L'Étranger

CARRÈRE
- Limonov

CÉLINE
- Voyage au bout de la nuit

CERVANTÈS
- Don Quichotte de la Manche

CHATEAUBRIAND
- Mémoires d'outre-tombe

CHODERLOS DE LACLOS
- Les Liaisons dangereuses

CHRÉTIEN DE TROYES
- Yvain ou le Chevalier au lion

CHRISTIE
- Dix Petits Nègres

CLAUDEL
- La Petite Fille de Monsieur Linh
- Le Rapport de Brodeck

COELHO
- L'Alchimiste

CONAN DOYLE
- Le Chien des Baskerville

DAI SIJIE
- Balzac et la Petite Tailleuse chinoise

DE GAULLE
- Mémoires de guerre III. Le Salut. 1944-1946

DE VIGAN
- No et moi

DICKER
- La Vérité sur l'affaire Harry Quebert

DIDEROT
- Supplément au Voyage de Bougainville

DUMAS
- Les Trois
  Mousquetaires

ÉNARD
- Parlez-leur
  de batailles,
  de rois et
  d'éléphants

FERRARI
- Le Sermon sur la
  chute de Rome

FLAUBERT
- Madame Bovary

FRANK
- Journal
  d'Anne Frank

FRED VARGAS
- Pars vite et
  reviens tard

GARY
- La Vie devant soi

GAUDÉ
- La Mort du
  roi Tsongor
- Le Soleil des
  Scorta

GAUTIER
- La Morte
  amoureuse
- Le Capitaine
  Fracasse

GAVALDA
- 35 kilos d'espoir

GIDE
- Les
  Faux-Monnayeurs

GIONO
- Le Grand
  Troupeau
- Le Hussard
  sur le toit

GIRAUDOUX
- La guerre de
  Troie
  n'aura pas lieu

GOLDING
- Sa Majesté des
  Mouches

GRIMBERT
- Un secret

HEMINGWAY
- Le Vieil Homme
  et la Mer

HESSEL
- Indignez-vous !

HOMÈRE
- L'Odyssée

HUGO
- Le Dernier Jour
  d'un condamné
- Les Misérables
- Notre-Dame
  de Paris

HUXLEY
- Le Meilleur
  des mondes

IONESCO
- Rhinocéros
- La Cantatrice
  chauve

JARY
- Ubu roi

JENNI
- L'Art français
  de la guerre

JOFFO
- Un sac de billes

KAFKA
- La Métamorphose

KEROUAC
- Sur la route

KESSEL
- Le Lion

LARSSON
- Millenium I. Les
  hommes qui
  n'aimaient pas
  les femmes

LE CLÉZIO
- Mondo

LEVI
- Si c'est un
  homme

LEVY
- Et si c'était vrai…

MAALOUF
- Léon l'Africain

SCHMITT
- La Part de l'autre
- Oscar et la
  Dame rose

SEPULVEDA
- Le Vieux qui
  lisait des romans
  d'amour

SHAKESPEARE
- Roméo et Juliette

SIMENON
- Le Chien jaune

STEEMAN
- L'Assassin
  habite au 21

STEINBECK
- Des souris et
  des hommes

STENDHAL
- Le Rouge et
  le Noir

STEVENSON
- L'Île au trésor

SÜSKIND
- Le Parfum

TOLSTOÏ
- Anna Karénine

TOURNIER
- Vendredi ou
  la Vie sauvage

TOUSSAINT
- Fuir

UHLMAN
- L'Ami retrouvé

VERNE
- Le Tour
  du monde
  en 80 jours
- Vingt mille
  lieues sous
  les mers
- Voyage au
  centre de
  la terre

VIAN
- L'Écume des jours

VOLTAIRE
- Candide

WELLS
- La Guerre des
  mondes

YOURCENAR
- Mémoires
  d'Hadrien

ZOLA
- Au bonheur
  des dames
- L'Assommoir
- Germinal

ZWEIG
- Le Joueur
  d'échecs

ISBN version numérique : 978-2-8062-1862-9
ISBN version papier : 978-2-8062-1370-9
Dépôt légal : D/2013/12603/242

Avec la collaboration de Pauline Coullet pour l'analyse des personnages du capitaine Smollett, de Long John Silver et de Billy Bones, ainsi que pour les chapitres « Un roman d'aventures et d'initiation », « La quête du trésor » et « Un classique du genre ».

Conception numérique : Primento, le partenaire numérique des éditeurs.

Ce titre a été réalisé avec le soutien de la Fédération Wallonie-Bruxelles, Service général des Lettres et du Livre.